ミイ

渡《わた》辺《なべ》貢《みつぐ》

文芸社

一

ハルオはえんがわにこしかけて、ブチの毛《け》づくろいをするミイをにこにこしながらながめていた。ミイはブチのおかあさんだ。ブチといっしょに生《う》まれたミケもトラも、ミイがよくネズミをとる猫《ねこ》の血《ち》すじだと知《し》っている農家《のうか》にもらわれていった。もらわれていく順番《じゅんばん》は、毛《け》の色《いろ》や毛《け》なみのよさとふかくかかわってくる。だからブチがのこった。そんなブチを、ミイはくり返《かえ》しくり返《かえ》し毛《け》づくろいしてあげていた。ブチも目《め》を細《ほそ》くしてうれしそうにしていた。

「ブチ、お前《まえ》はうちにいればいいや」

ハルオはブチのせなかを見《み》ながらそう言《い》った。ブチは目《め》を細《ほそ》くしたまま、じっとしていた。そこで、こう話《はな》しかけた。

「ミイ、ブチだけでものこってよかったな」

ミイはハルオの気《き》もちがわかったのか、ミャーンとひと鳴《な》きした。

ハルオがもの心《ごころ》ついたころ、そう、ハルオがほいく園《えん》に入《はい》るまえに、ミイは生《う》まれた。ミイのおかあさんはまっ黒《くろ》なカラスのような猫《ねこ》だった。三毛《みけ》のミイだけをのこし、ほかの子猫《こねこ》はみなもらわれていった。ハルオはミイがかわいくて、エノコログサの穂《ほ》や毛糸《けいと》の切《き》れはしなどでじゃらしては、毎日《まいにち》のようにあそんでいたので、ミイが毛糸《けいと》の切《き》れはしが大好《だいす》きなことをよく知《し》っていた。そして、子猫《こねこ》がもらわれていったあとのミイとは、いつもおなじふとんでねていたのだ。

毛《け》づくろいがおわると、ミイは短《みじか》いしっぽをちょこちょこうごかして、ブチをあそばせた。ブチはせなかを丸《まる》めてその場《ば》でジャンプすると、ミイの短《みじか》いしっぽを前足《まえあし》でおさえこんだ。するとミイが力《ちから》をこめてしっぽをうごかす。むちゅうになったブチは、えものににげられまいとつめをたてる。それがいたいのか、ミイはさっとからだをかわして前足《まえあし》でブチの頭《あたま》をたたき、調子《ちょうし》にのったブチをちょっとだけしかっているようだった。そんなことをずーっとくり返《かえ》している猫《ねこ》たちを見《み》ていると、なんだかうれしくなって、ハルオも思《おも》わずにっこりした。

と、そのときハルオはちょっとしたいたずらを思《おも》いついた。そうなるとがまんがきかないのがまたハルオだ。毛糸《けいと》の切《き》れはしをさがしてえんがわにもどってくると、猫《ねこ》たちはまだ楽《たの》しそうにじゃれあっていた。ハルオはそのすぐそばであぐらをかき、ゆっくりと、ミイのハナ先《さき》で毛糸《けいと》の切《き》れはしをしずかにふった。

ミイはよこ目《め》で毛糸《けいと》の切《き》れはしを見《み》た。それでもブチとのあそびに手《て》をぬけないでいた。もういちど毛糸《けいと》の切《き》れはしをミイのハナ先《さき》にたらしたとき、いっしゅんミイのひとみがキラッと光《ひか》ったのをハルオは見《み》のがさなかった。ハルオが毛糸《けいと》の切《き》れはしをミイのハナ先《さき》にくり返《かえ》したらすと、ミイがすわったままで足《あし》のつめを立《た》て、もじもじしていた。ミイの目《め》は、

（もう、こんなときに、ハルオったらいじわるなんだから）

と言《い》っているかのようだ。それでもミイはこらえきれず、ハルオがたらした毛《け》糸《いと》の切《き》れはしに前足《まえあし》をのばした。それを見《み》てハルオは毛糸《けいと》の切《き》れはしを引《ひ》く。ミイの前足《まえあし》のつめがからぶりしてえんがわのゆかをたたいた。ハルオはゆび先《さき》にしんけいを集中《しゅうちゅう》させて、ひっしにミイに毛糸《けいと》の切《き》れはしをつかまれないようにする。ミイはブチがじゃれついてミイの短《みじか》いしっぽをかじるから、からだをよじってブチの頭《あたま》を前足《まえあし》でかるくたたく。もういちどハルオが毛糸《けいと》の切《き》れはしをふるから、ミイはじゃれてつめを立《た》てる。ハルオは時間《じかん》をわすれて、猫《ねこ》の親子《おやこ》とあそんでいた。

二

夕《ゆう》ごはんのとき、かあさんがいきなりこう言《い》った。

「ハルオ、ブチのもらい手《て》がきまったよ」

「えっ」

うどんを食《た》べていたハルオは思《おも》わずきょとんとした。

「そんなのミイがかわいそうだよ」

ハルオはかあさんにくってかかった。でもかあさんはハルオがそう言《い》うのを知《し》っていたかのように、ことばをつづけた。

「ブチだって、もらわれた家《いえ》でかわいがってもらったほうがしあわせなんだよ。うちは猫《ねこ》は二《に》ひきもいらないし。わかっとくれ。ミイはまた子《こ》どもうめるよ」

「ミイはもうとしだよ」

ハルオは口《くち》をとがらせてかあさんをにらんだ。そんなこととは知《し》らずに、ブチはちゃぶ台《だい》の下《した》でうとうとしながらミイの乳《ちち》をのんでいた。ミイはミイでうどんの汁《しる》にしずんでいるにぼしをほしがり、ミャーンとひと鳴《な》きしてハルオにせがんだ。ハルオはおわんからにぼしをとり出《だ》し、ちゃぶ台《だい》のはしにおいた。それをくわえたミイは、ブチに乳《ちち》をすわせたまま、むしゃむしゃかんですぐにのみこんでしまった。そしてまたひと鳴《な》きした。

「おれのはもうないから、だれかのをもらってよ」

そう言《い》うと、ハルオはのこったうどんをいきおいよくすすった。

「ミイ、ほらあげるよ」

姉《あね》のミホがにぼしをはしでつまんで、ミイに話《はな》しかけた。ミイはひらりとミホにかけよると、にぼしをくわえてハルオのところにもどり、そのにぼしを食《た》べた。

ゆめから目《め》ざめたブチは、ふたたび、ゆめ見心地《みごこち》でミイの乳《ちち》にとりついた。

「ミイったら、あたしのところで食《た》べればいいじゃない」

ミホがハルオにやきもちをやくようにかあさんに話《はな》しかけた。

「ミイはハルオがいいんだよ」

それはかあさんだけでなく、家《か》ぞくのだれもがみとめるところだった。

「ほんと。子猫《こねこ》がいないと、ミイは毎《まい》ばん、ハルオのふとんに入《はい》っていくもの」

「ハルオが小《ちい》さいときなんか、夏《なつ》、あつくておでこにあせかいてねていると、そのあせをぜんぶなめてとっていたんだから。まるで子猫《こねこ》を毛《け》づくろいするみたいにさ。それも一度《いちど》や二度《にど》じゃないよ」

かあさんが思《おも》い出《だ》すかのようにそう言《い》った。

「ハルオはあせかきだからね。ねえねえ、かあさん、ハルオはミイの子《こ》どもなんじゃない？」

「そうそう」

ミホとかあさんはうんうんとうなずいて顔《かお》を見合《みあ》わせた。それがなんだか気《き》に入《い》らなくてハルオは、

「あせかきでわるかったね」

とふたたび口《くち》をとがらせた。

「ハルオ、そんなにとがるんじゃないよ」

夕《ゆう》ごはんのふんいきがとげとげしくなったのをかんじたばあちゃんが話《はなし》にくわわった。

「ミイはうむ子《こ》うむ子《こ》がみんなもらわれていってしまうから、さびしいんだよ。いつだったか、冬《ふゆ》の夕方《ゆうがた》だったかねえ、ハルオがあそびつかれて帰《かえ》って、こたた

つでねてしまったんだ。そしてだんだんひたいにあせをかいてきたら、ミイがそれをぜんぶなめとっちゃったんだよ。おどろいたねえ。世間《せけん》のおかあさんがさましたむしタオルで、赤《あか》ちゃんのかいたあせをやんわりふきとるようにさ」

「ミイのしたはザラザラしてるよ」

「ミイのしたはそりゃザラザラしてるさ。猫《ねこ》だもの。猫《ねこ》はとしをとるのが早《はや》いから、いつのまにかハルオとミイのとしは入《い》れかわっちゃったのさ。ミイはハルオが好《す》きでたまらないんだよ。もらわれていったほかの子猫《こねこ》たちみたいに。親《おや》として子《こ》どもの世話《せわ》をやきたいんだよ。わかったかい」

「うん、なんとなく。ミイがいると、冬《ふゆ》でも、足《あし》もすぐにあったかくなるんだ。おれのあんかだよ」

ハルオはちょっととくいになってミホを見《み》た。

「いいなあ、それならあたしもミイがほしい」

「ざんねんでした。ミイはおれのふとんにしか入《はい》ってこないよ」

「なんでよ。月《つき》に一回《いっかい》くらいあたしにかしてくれたっていいじゃない」

ミホはハルオが少《すこ》しうらやましくて、ちょっときつく言《い》った。

「ミホ、ミホはもう中学生《ちゅうがくせい》なんだからわかるだろ。ミイがハルオをえらんだんだよ」

ばあちゃんのことばで、ミホはしぶしぶとひきさがった。そのときミイがハルオを見《み》てにぼしをねだった。

「もうないったら。がまんしろ」

ミイはミャーン、ミャーンと鳴《な》きつづけていた。

「しかたないね。じいちゃんもばあちゃんも、とうさんもあたしもにぼし食《た》べちゃうし」

ひとりごとのようにそう言《い》ったかあさんは、立《た》ち上《あ》がって、なべからにぼしを

二本《にほん》もってきてミイにあげた。ひとつずつにぼしを食《た》べるミイのおなかの下《した》で、
ブチはミイの乳《ちち》をくわえたまま、すやすやとねむっていた。

三

ハルオが学校《がっこう》から帰《かえ》ると、ミイがえんがわで毛《け》づくろいをしていた。ザラザラのしたで前足《まえあし》をなめ、その前足《まえあし》でなんどか、顔《かお》をぬぐった。そうしたしぐさをくりかえすと、今度《こんど》は首《くび》を思《おも》いっきりねじり、前足《まえあし》のつけねからこしにかけて手入《てい》れをつづけた。そんなミイのすがたがハルオにはとてもさびしそうに見《み》えた。

ぴんときたハルオは、えんがわにランドセルをなげすて、居間《いま》のとなりの客《きゃく》間《ま》に走《はし》ると、ミイとブチがすごしていたボロぬののつまったダンボールばこは、もうそこにはなかった。ハルオがえんがわにもどると、ミイは後《うし》ろ足《あし》をいっぱいにのばし、せなかを丸《まる》めて、もくもくと毛《け》づくろいをつづけていた。ミイの毛《け》づくろいには順番《じゅんばん》がある。いま後《うし》ろ足《あし》をやっているから、あとはむねからおなかにかけてだけだ。

ハルオはその場《ば》をはなれると、かあさんのあみ物《もの》の道具《どうぐ》ばこから、赤《あか》みのある毛糸玉《けいとだま》をとり出《だ》した。そこから三十《さんじゅっ》センチくらいをとり出《だ》し、かたほうをなんどか玉《たま》むすびし、おもりのようにした。えんがわにもどると、ミイはおなかあたりの毛《け》づくろいをしていた。もうすぐだとハルオは思《おも》った。ミイはひとしごと終《お》えてすこし大《おお》きめのはないきをはいた。ミイにとってはちょうど顔《かお》を上《あ》げたところにハルオがいたというかんじだっただろう。そしてミャーンとひと声《こえ》かなしそうに鳴《な》いた。

「よし、あそんでやるぞ。今日《きょう》は思《おも》いっきりあそべ」

ハルオは毛糸《けいと》の玉《たま》むすびにしたほうをミイの目《め》の前《まえ》で左右《さゆう》にふった。丸《まる》みのあるミイの目《め》に夕日《ゆうひ》があたって、きゅっと細《ほそ》くなったかと思《おも》うと、左右《さゆう》にゆれる毛《け》糸《いと》の玉《たま》むすびにミイの右前足《みぎまえあし》がのびた。

ミイはまだつめを立《た》てていないから、むすび目《め》はミイが思《おも》ってもいなかったほうにはじかれた。毛糸玉《けいとだま》をとらえられなかったことがミイの気《き》もちに火《ひ》をつけた。ミイはむすび目《め》をとらえようとして少《すこ》しつめを立《た》てる。ハルオもそれをわかっていて、毛糸《けいと》を少《すこ》し上《うえ》にたくし上《あ》げる。ミイはミイで、なんとしても毛糸玉《けいとだま》をとらえようと、うしろ足《あし》で立《た》ち上《あ》がりそうなじょうたいで思《おも》いっきり前足《まえあし》をのばす。ミイのひとみはすでにえものを追《お》うときのものだ。

ミイはネズミばかりか、本能《ほんのう》に目《め》ざめてスズメをとらえることもあった。からだを低《ひく》くかまえて、じめんで草《くさ》のタネをつついているスズメにじりじりと近《ちか》よった。ミイに気《き》づいて羽《は》ばたいたスズメに一《いち》メートルほどジャンプしてとびついた。スズメの首《くび》ねっこをくわえたミイが着地《ちゃくち》すると、あとを追《お》うようにちぎれたスズメの羽《はね》がしずかにじめんにふりそそいだ。

あのときのひとみだ。今《いま》のミイは。

そう思《おも》ってまた毛糸玉《けいとだま》をたくし上《あ》げたそのとき、ミイはかるくジャンプし、両《りょう》ほうの前足《まえあし》で毛糸玉《けいとだま》をかかえこむようにして、えんがわに着地《ちゃくち》した。すると、すぐさま毛糸玉《けいとだま》をくわえた。そしてそれをハルオが引《ひ》っぱっても両前足《りょうまえあし》のつめをえんがわの板《いた》につき立《た》ててふんばり、キバを見《み》せてさらにじぶんのほうに引《ひ》きもどそうとした。

「ミイ、ほらはなせ。第一《だいいち》ラウンド終了《しゅうりょう》だ」

ミイは自分《じぶん》がくわえているものがえものではないことに気《き》づくと、ひょうしぬけしたように毛糸玉《けいとだま》をはき出《だ》した。

「えーっ、つばでべとべとだよ」

そう言《い》いながらハルオはぬれた毛糸玉《けいとだま》を半《はん》ズボンのすそでつつみ、水分《すいぶん》をふきとった。

そして、すぐにハルオは玉《たま》むすびとは反対《はんたい》がわの毛糸《けいと》をミイの前足《まえあし》の先《さき》にさしだし、その毛糸《けいと》をあちこちにゆらゆらさせた。早《はや》くうごかしてはミイの気《き》を引《ひ》き、ミイのひとみが本気《ほんき》になるとゆっくりと毛糸《けいと》をゆらした。

ミイがサッと右前足《みぎまえあし》をのばしたしゅんかん、ハルオは毛糸《けいと》をスッと引《ひ》く。ミイがだんだんむきになってつめを立《た》ててくる。それでもミイにつかまれないようにハルオはじぶんのほうに毛糸《けいと》をスッと引《ひ》きよせた。空《から》ぶりしたミイの、つめを立《た》てた前足《まえあし》が右《みぎ》、左《ひだり》、右《みぎ》とえんがわのゆかをたたく。このかけあいがハルオのいちばん楽《たの》しいときだ。

毛糸《けいと》を引《ひ》くと、ミイがふせたままのしせいで少《すこ》しずつ前《まえ》に進《すす》んでくる。ミイもそれを楽《たの》しんでいるかのようだ。ミイのひとみは、えものをねらうときのようにらんらんとかがやいているというよりは、あいくるしく、しっとり光《ひか》っている。

ミイがハルオに数十《すうじゅっ》センチのところまで近《ちか》づくと、ハルオはミイに毛糸《けいと》をつかませる。するとミイは口《くち》にくわえた毛糸《けいと》を両《りょう》ほうの前足《まえあし》でたぐりよせ、ハルオの手《て》から毛糸《けいと》をもぎとろうとして力《ちから》のかぎりに引《ひ》っぱった。

それでもハルオが毛糸《けいと》をはなさないでいると、ミイはごろんとよこになって、せなかを丸《まる》めて、両《りょう》ほうのうしろ足《あし》でハルオの手《て》のこうをけるようなしぐさをくり返《かえ》す。そのときミイはけっしてうしろ足《あし》のつめを立《た》てることはなかった。

あまりにミイがけるのでハルオが毛糸《けいと》をはなすと、力《ちから》をうしなった毛糸《けいと》がミイの前足《まえあし》にからみついた。

「おい、ミイ、第二《だいに》ラウンドも終了《しゅうりょう》だ」

ミイはあいかわらず毛糸《けいと》をくわえたり、前足《まえあし》で引《ひ》っぱったりしている。そのうち、うごきのなくなった毛糸《けいと》にあきて、ミイは毛糸《けいと》を口《くち》からはなし、おちつきをとりもどしてその場《ば》にすわった。

「ありゃりゃ、またべとべとだ」

そう言《い》いながら、ハルオはまた半《はん》ズボンのすそで水分《すいぶん》をぬぐいとった。

四

その夜《よる》から、ミイはまたハルオのふとんでねるようになった。夏《なつ》のあついときだから、ハルオはタオルケットをおなかにのせているだけだ。ハルオがへやの電《でん》気《き》をけして、しばらくすると、トントントンとリズムよくかいだんを上《あ》がってくる音《おと》がくらやみにひびく。

ミイだ。ふさっとしたかげがハルオの顔《かお》のよこを通《とお》りすぎ、タオルケットの上《うえ》を歩《ある》いて、足《あし》もとまでいくと、そこで丸《まる》くなった。小学校《しょうがっこう》二年生《にねんせい》のハルオの足《あし》首《くび》は、ミイが丸《まる》くなったときのまくらにちょうどいいのだ。足《あし》もとがあつくなってハルオがねがえりをうつと、そのたびに少《すこ》しの時間《じかん》をおいてミイがハルオの足《あし》首《くび》をまくらにしていた。うまくねがえりがうてないときには、ミイがハルオのひざの上《うえ》で丸《まる》くなっていることもあった。

秋《あき》の中《なか》ごろから冬《ふゆ》、そして春《はる》と、ハルオは、ばあちゃんがつくってくれた、びっしりまわたをつめこんだかけぶとんを使《つか》う。ま冬《ふゆ》には毛布《もうふ》のほかにかいまき（うすいわた入《い》れの着物《きもの》のような形《かたち》をしたふとん）もだ。かいまきは、両方《りょうほう》のうでをとおすことができるから、首《くび》すじからかたがとてもあたたかい。ただこれだけのものをかけると、ハルオにとっては少《すこ》しおもかった。それでもハルオはふとんにもぐりこんで、かいまきにうでをとおしてから、からだをうごかし、はだしの足《あし》のこうをすりあわせた。そうするとシーツのつめたさがやわらぐ。ハルオがもっと小《ちい》さいときには、かあさんが毎《まい》ばん、あんかをよういしてくれた。ハルオが発《はっ》する熱《ねっ》にはかぎりがあるという親心《おやごころ》からだ。ところがミイがハルオのふとんにもぐりこむようになってから、あんかはいらなくなった。ミイがハルオのあんかになったからだ。

トントントンとミイがかいだんをかけ上《あ》がってくる。かけぶとんと首《くび》すじとのすき間《ま》があるときは、ミイはそのすき間《ま》にググッと頭《あたま》をつっこみ、ふとんの中《なか》を進《すす》んでハルオの足《あし》もとで丸《まる》くなる。すき間《ま》がなくてハルオがまだうつらうつらしているときは、ミイだとわかると、

「ほら」

と言《い》って、ハルオは首《くび》すじのすき間《ま》を少《すこ》しあけてあげた。するとミイはミャーンと軽《かる》くひと鳴《な》きしていつもの場所《ばしょ》におちついた。ハルオがすっかりねむってしまって、すき間《ま》がないときには、ミイはあのザラザラのしたでハルオの耳《みみ》たぶをなめた。しだいに記《き》おくの遠《とお》くのほうから、あのザラザラとした感《かん》じがよみがえ

ってくる。ようやくミイだとわかるとハルオは、
「まったく、お前《まえ》は」
とぶつぶつぶやいてすき間《ま》をあけてあげる。そんなときミイは、いつもより
いきおいよくふとんにもぐっていった。
こうして、ハルオは冬《ふゆ》のあんかがいらなくなった。ミイの体温《たいおん》がハルオの足《あし》も
とをあたためてくれる。ただミイは生《い》き物《もの》だから、朝《あさ》までしずかにふとんの中《なか》に
いてくれるとはかぎらない。ハルオがねがえりをうつように、ミイもミイなりに
ねがえりをうったり、ふとんの中《なか》をうごいたりする。
また、ふとんの中《なか》があつくなりすぎたり、いきぐるしくなったりすると、ミイ
はふとんから出《で》て、かけぶとんの上《うえ》で丸《まる》くなった。もちろんハルオはぐっすりね
むっているから、ミイがふとんを出《で》るのは知《し》らない。ミイの気《き》ままにまかせてい
る。その気《き》ままが、ハルオにちょっとしためんどうをかけることがあった。

五

ハルオは、小学生《しょうがくせい》になったばかりの去年《きょねん》の夏休《なつやす》みに、近《ちか》くにすむ高学年《こうがくねん》のマサアキとナオキから、川原《かわら》で魚《さかな》とりを教《おそ》わった。

「ハルオ、お前《まえ》はまだからだが小《ちい》さいんだから本流《ほんりゅう》に入《はい》っちゃだめだぞ。おれたちは少《すこ》し魚《さかな》とったら本流《ほんりゅう》でおよぐけど」

そう言《い》うマサアキに続《つづ》いて、

「本流《ほんりゅう》はハルオの背《せ》よりもふかいところがあるから、おれたちの言《い》うこと、ぜったいまもれ」

とナオキにくぎをさされた。ハルオがこっくりすると、二人《ふたり》して水《みず》のあさいところで魚《さかな》のとり方《かた》を教《おし》えてくれた。ハルオは二人《ふたり》に言《い》われた通《とお》りにやってみたが、石《いし》の下《した》に手《て》を入《い》れても、魚《さかな》のうごきが速《はや》かったり、魚《さかな》のからだがぬるぬるしていて、なかなかつかみどりにできなかった。

そのようすを見《み》かねて、マサアキがナオキに目《め》くばせをした。

「ハルオ、ヨシ（川原《かわら》などに生《は》える草《くさ》。アシともいう）の根《ね》のほうがかんたんだからこっちへ来《こ》い」

マサアキに言《い》われるままにハルオがついていくと、ナオキがお手本《てほん》を見《み》せてくれた。ナオキはヨシにむかって両手《りょうて》をつっこみ、魚《さかな》をにぎるとそのまま、川原《かわら》にほうりなげた。大《おお》きめのオイカワ（川《かわ》にすむ魚《さかな》のなかま）が川原《かわら》のじゃりの上《うえ》ではげしくはねていた。

「やってみろ」

と言《い》われて、ナオキがゆびさすヨシに手《て》をつっこんでみると、ヨシの根《ね》と水草《みずくさ》がからまる中《なか》でなんびきかの魚《さかな》があばれた。

「ハルオ、おちつけ」

ナオキのことばにうなずくハルオの手《て》から、つぎつぎに魚《さかな》がにげていった。それでも、ヨシの根《ね》もとに一《いっ》ぴきだけおさえつけた。

ハルオのようすを見《み》ていたマサアキが、

「そのままなげろ」

とハルオにさけんだ。ハルオは言《い》われるままに魚《さかな》をほうると、水草《みずくさ》がからみついた小《ちい》さなオイカワがピチピチとはねた。

「ハルオ、とれたじゃん」

ナオキにそう言《い》われると、ハルオはうれしくてならなかった。ハルオが魚《さかな》をつかまえられるとわかった二人《ふたり》は本流《ほんりゅう》のほうへ行《い》ってしまった。

味《あじ》をしめたハルオは、川《かわ》ぎしのヨシの根《ね》っこに、くり返《かえ》しくり返《かえ》し手《て》をつっこんでは魚《さかな》とりにむちゅうになった。帰《かえ》ってから、とれた小《ちい》さなオイカワを焼《や》いてあげると、ミイはよろこんで食《た》べた。

そのつぎの日《ひ》もそのつぎの日《ひ》も、三人《さんにん》して川原《かわら》に出《で》かけた。マサアキとナオキはハルオをのこして本流《ほんりゅう》にむかった。ハルオはハルオで、水《みず》のあさい場所《ばしょ》で石《いし》の下《した》やヨシの根《ね》をつぎつぎに手《て》でさぐっていった。

マサアキとナオキはそんなハルオをよこ目《め》で見《み》ながら、本流《ほんりゅう》でおよぎはじめていた。ながれにさからって平《ひら》およぎで水《みず》をかき、それにつかれると、スッとむきをかえて、ながれにからだをまかせていた。ハルオはヨシには魚《さかな》がいないとわかると、二人《ふたり》のおよぎに目《め》をやりながら本流《ほんりゅう》わきのあさせまでやってきた。そして本流《ほんりゅう》のながれがとどく大《おお》きな石《いし》の下《した》に手《て》を入《い》れると、なにかが強《つよ》くハルオの手《て》をおした。いままでハルオがかんじたことのない強《つよ》さだった。

ハルオの半《はん》ズボンのすそは水《みず》にぬれ、ランニングのおなかまわりも水《みず》につかっていた。いつもとちがうハルオのようすに、マサアキがおよぎながら声《こえ》をかけた。

「ハルオ、でかいんか」

「うん」

やっとの思《おも》いで答《こた》えたハルオのあごは水《みず》につかっている。

「にがすなよ、ハルオ」

ナオキもおよぎながら大声《おおごえ》でおうえんした。でもハルオはそれどころではなかった。ハルオが大《おお》きな魚《さかな》の頭《あたま》にさわると、魚《さかな》は石《いし》の下《した》のせまいところで、クルッとからだのむきをかえてしまう。そんなことをなんどもくりかえしてから、ハルオがちょっとだけゆびの先《さき》をおくに入《い》れたときだった。本流《ほんりゅう》がわでふんばっていたサンダルが川《かわ》のそこにはえていたミズゴケですべった。

アッと思《おも》ったときには、ハルオのからだは本流《ほんりゅう》にのみこまれていた。ひっしにもがいてもハルオにはどうにもならなかった。三回《さんかい》、四回《よんかい》とハルオのかるいからだは水中《すいちゅう》でくるくるまわった。そして大《おお》きな岩《いわ》が見《み》えたかと思《おも》うとハルオのからだはグッと川《かわ》ぞこに引《ひ》きこまれ、岩《いわ》を通《とお》りすぎたところで水面《すいめん》にうき上《あ》がった。

さいわいにもそこはハルオでも背《せ》が立《た》つ場所《ばしょ》だった。

「ハルオ、だいじょうぶか」

マサアキがおよぎながら流《なが》れにのってハルオのうでをにぎった。

「ああ、びっくりしたー」

ハルオがまがおでながれの上《かみ》のほうを見《み》ると、あとからおよいできたナオキが、

「ハルオ、おぼれたかと思《おも》ったぞ。よかった、よかった」

と言《い》いながらハルオのかたをたたいた。ほんの少《すこ》しの間《あいだ》の水中《すいちゅう》のけしきが、ハルオにはとても長《なが》かったように思《おも》えた。ハルオのからだは、本流《ほんりゅう》の深《ふか》みをこえて十五《じゅうご》メートルくらいながされていた。

ハルオが二年生《にねんせい》になると、その二人《ふたり》の兄《あに》き分《ぶん》が中学生《ちゅうがくせい》になってしまい、ハルオは一人《ひとり》で川原《かわら》に行《い》くことが多《おお》くなった。学校《がっこう》から帰《かえ》るとランドセルをえんがわになげ出《だ》し、サンダルにはきかえて、ハルオはじぶんの自転車《じてんしゃ》にまたがった。

いままでは三人《さんにん》で話《はなし》をしながら通《とお》っていたから、ていぼうが高《たか》いなんて思《おも》わなかった。それが一人《ひとり》になると、川《かわ》のはんらんを防《ふせ》ぐための土手《どて》は見上《みあ》げるように高《たか》い。その土手《どて》のさかみちを上《のぼ》り下《くだ》りすると、まもなく川原《かわら》につく。

きしに自転車《じてんしゃ》をねかせると、ハルオはゆっくり川《かわ》のながれに入《はい》っていった。川《かわ》下《しも》から川上《かわかみ》にむかって、石《いし》の下《した》のすき間《ま》をさぐっていく。石《いし》の下《した》のすき間《ま》には入《い》り口《ぐち》もあれば出口《でぐち》もあるから、大《おお》きめな石《いし》にしずかに近《ちか》づき、その石《いし》におおいかぶさるように、そのすき間《ま》にゆびをつっこむ。魚《さかな》がいると、ゆび先《さき》にビビッとうごきがつたわる。ゆびをだんだん魚《さかな》に近《ちか》づけて、魚《さかな》の頭《あたま》をにぎりしめる。小《ちい》さなハルオのてのひらでつかめないような大物《おおもの》のばあいは、その魚《さかな》の頭《あたま》をてのひらと石《いし》のそこの間《あいだ》におしつけるようにして、少《すこ》しずつ水面《すいめん》に引《ひ》き上《あ》げる。こうしたわざを、ハルオは去年《きょねん》のひと夏《なつ》で身《み》につけていた。

大《おお》きなウグイ（川《かわ》にすむ魚《さかな》のなかま）がとれると、川魚《かわざかな》が好《す》きなとうさんやじいちゃんが、

「うめえ、うめえ。ハルオよくやった」

とよろこんで塩《しお》やきにしたのを食《た》べた。たまにとれるカジカ（川《かわ》にすむ魚《さかな》のなかま。清流《せいりゅう》を好《この》む）は、やいてハルオがたいらげた。

残《のこ》りのオイカワは、しっかりやいてミイにやった。ミイはオイカワをやいているハルオのところへやってきて、早《はや》く早《はや》くとでも言《い》うようにミャーンミャーンと鳴《な》きつづけた。やけたものからミイにやると、アウアウアウといきをすいこみながらおどろくほどのはやさでのみこんでいった。

六

春《はる》が近《ちか》づいても、ハルオが住《す》んでいるところは朝《あさ》がさむい。だから、かけぶとんやかいまきがまだひつようだ。きのうの夜《よる》、ミイがハルオの耳《みみ》たぶをザラザラなめたので、ハルオはねぼけまなこでミイをふとんに入《い》れてあげた。そのままハルオはぐっすりねむった。

ハルオは半《はん》ズボンにランニングすがたで川原《かわら》にいた。小《ちい》さい魚《さかな》をとるのはもうハルオにはお手《て》のものだ。ハルオは、大《おお》きな魚《さかな》がいる本流《ほんりゅう》近《ちか》くのあさせにある大《おお》きな石《いし》を見《み》わたした。魚《さかな》がいるかどうかは石《いし》のすき間《ま》に手《て》を入《い》れてみなければわからない。それでも、夏《なつ》にいろいろなけいけんをして、ゆび先《さき》にさわる生《い》きものが魚《さかな》なのか、カエルなのかはすぐわかる。カエルだとさわったかんじが気《き》味《み》わるいから、すぐその場《ば》をはなれる。ウグイとオイカワの区別《くべつ》は、からだのぬめりのちがいでわかる。ウグイとカジカのかんしょくはにているが、頭《あたま》の形《かたち》がちがっているから、ゆび先《さき》でさぐっているうちにわかる。

ハルオは本流《ほんりゅう》わきのあさせにある大《おお》きな石《いし》につぎつぎと手《て》をつっこんでいった。小《ちい》さなオイカワがすき間《ま》でごそごそしていた。全部《ぜんぶ》をつかまえるのはいまのハルオにはむりだから、一《いっ》ぴきか、二《に》ひきにねらいをしぼる。つかまえたオイカワはこしにまいたひもにとおしたびく（とれた魚《さかな》を入《い》れるかご）に入《い》れる。力《ちから》の入《い》れぐあいで、元気《げんき》なままの魚《さかな》をとるコツをいつのまにかハルオはおぼえていた。

ハルオが四《よっ》つ目《め》の大《おお》きな石《いし》に手《て》を入《い》れたとき、ビビッとゆび先《さき》に強《つよ》くかんじるものがあった。おちつけ、おちつけとハルオは自分《じぶん》に言《い》った。本流《ほんりゅう》のほうから左手《ひだりて》を、あさせのほうから右手《みぎて》をのばして石《いし》にしがみついた。本流《ほんりゅう》ににげようとした魚《さかな》の頭《あたま》が左手《ひだりて》のゆび先《さき》にあたった。

ウグイだ。

ハルオの左手《ひだりて》でにげ口《くち》をふさがれたウグイは、あとずさりしておなかのあたりがハルオの右《みぎ》のてのひらにのった。とっさにハルオはウグイをにぎってみた。でかい。ウグイをにぎるとハルオのおやゆびは人《ひと》さしゆびにとどかない。

つぎのしゅんかん、ウグイの頭《あたま》が左《ひだり》のてのひらにはげしくぶつかった。にげられないとわかるとウグイはまた少《すこ》し下《さ》がった。

両手《りょうて》をつっこんだ感《かん》じでは、石《いし》の下《した》のすき間《ま》が小《ちい》さいので、ウグイは身《み》をかわして、あさせからにげるのはむりなようだ。ハルオがウグイのからだをつかもうとすると、スルッと右《みぎ》のてのひらをぬけて左手《ひだりて》につきあたる。

そんなくり返《かえ》しがどのくらいつづいたことだろう。ハルオは思《おも》いきって両手《りょうて》をもっと深《ふか》くつっこんだ。半《はん》ズボンのすそやランニングのおなかのまわりはずぶぬれで、大《おお》きな石《いし》をこえて下《しも》に流《なが》れる水《みず》にひたったあごが、ときどきしぶきを上《あ》げてハルオのくちびるがぬれた。

そして、ハルオが両手《りょうて》でウグイの頭《あたま》とおなかをにぎったときだった。

ウグイがおおあばれして、思《おも》いもよらない大《おお》きな力《ちから》でハルオの左手《ひだりて》をはらいのけ、ウグイは本流《ほんりゅう》へとにげていった。強《つよ》く当《あ》たったのでハルオはバランスをくずした。ふんばっていた左足《ひだりあし》がミズゴケにすべり、こしにまき付《つ》けておいたびくのそこが水《みず》のながれる力《ちから》をまっすぐに受《う》けたからたまらない。どんどんハルオのからだは本流《ほんりゅう》にのみこまれてしまった。

水中《すいちゅう》でもがいても、びくがおもりになってなかなかうき上《あ》がれない。くるしいくるしいと思《おも》っても、顔《かお》を水面《すいめん》につき出《だ》すことができない。

ふたたびもがいて、おそろしさでからだがこおりつきそうになったとき、ハルオはゆめからさめて、うす目《め》をあけた。

あたりは明《あか》るくなりかけて、まっ赤《か》な朝日《あさひ》がへやにさしこもうとしていた。見《み》ると、ミイがハルオのむねの上《うえ》で丸《まる》くなっている。かけぶとんにかいまきだけでもおもたいのに、ミイがむねの上《うえ》にのったらいきがくるしくなってあたりまえだ。かといってねがえりもうてないから、ハルオはかいまきの下《した》から両《りょう》うでを出《だ》して、かけぶとんの上《うえ》で丸《まる》くなっていたミイを力《ちから》いっぱいにおしのけた。

「おもいったら、ミイ」

わきにすべりおちて、ねむっていたのをおこされたミイは、丸《まる》くなったまま頭《あたま》だけを少《すこ》し上《あ》げて、半《はん》びらきの目《め》でミャーンとひと鳴《な》きした。

「ミャーンじゃないよ。おれがどのくらいくるしかったと思《おも》ってんだ、まった

く」

ハルオははらが立《た》ってしかたなかった。ミイはてれかくしするようにくびを少《すこ》しのばしてもういちど丸《まる》くなった。そのミイをおしのけるように、かけぶとんと……かいまきをいっきにはねあげて、ハルオはふとんから出《で》た。おいだされたミイはのそのそ歩《ある》いてかけぶとんのすみの方《ほう》で三《み》たび丸《まる》くなった。

七

「あっち行《い》け」

かいだんをコトンコトンとゆっくり下《お》りてきてハルオの近《ちか》くにすわったミイは、ハルオに足《あし》ではらいのけられ、さみしそうにミャーンと鳴《な》いた。

「なにすんの。ミイがかわいそうじゃない」

ハクサイのつけものをはしでつまんだミホが、ハルオのしうちをせめた。

「うるせえな。ねえちゃんにそんなこと言《い》われたくないよ」

タマゴかけごはんをほおばりながら、ハルオがミホにくってかかった。

「なによ。こっちだって心配《しんぱい》してあげてるのに」

ミホもはら立《だ》たしくてカリカリした。

「ミホ、そんなにおこんないの。ハルオとミイはいろいろあったんだから」

かあさんが二人《ふたり》のやりとりに、わって入《はい》った。


いつになく早《はや》おきしてしまったハルオは、することもなくちゃぶ台《だい》（食《しょく》たく）のまわりをうろうろしていた。台所《だいどころ》ではかあさんとばあちゃんが手分《てわ》けをして朝食《ちょうしょく》のじゅんびをしていた。とうさんは新聞《しんぶん》に目《め》を通《とお》し、じいちゃんは朝《あさ》のひとしごとを終《お》え、お茶《ちゃ》をすすりながらたばこをすっていた。

「なんだい、ハルオ。今日《きょう》はずいぶん早《はや》いじゃないか」

ばあちゃんが少《すこ》し手《て》を休《やす》めてハルオに話《はな》しかけた。

「ちょっとね」

ハルオはぶっきらぼうに言《い》った。

「ちょっとじゃわかんないよ。なにがあったんだい」

そうやさしくばあちゃんに聞《き》かれて、ハルオはきのうの夜《よる》から今朝《けさ》にかけてのできごとをいっきに言《い》いまくった。それを聞《き》いたじいちゃんがわらいながら、

「ハルオ、そりゃあ災難《さいなん》だったな」

と言《い》うと、

「おじいさん、こんなときにからかうんじゃないよ」

とばあちゃんにかるくしかられた。じいちゃんはバツがわるそうに少《すこ》し音《おと》を立《た》ててお茶《ちゃ》をすすり、たばこをゆっくりとすった。とうさんはなにかにやにやしながら新聞《しんぶん》から目《め》をはなさない。かあさんは聞《き》き耳《みみ》を立《た》てて、みそしるの仕上《しあ》げにとりかかっていた。

「ハルオ、ハルオにはまだばあちゃんのつくったかけぶとんやかいまきがおもい

んかねえ」

「そんなことないよ」

「それじゃあいいけど」

「ばあちゃんのかけぶとんもかいまきもあたたかくて助《たす》かってるよ。ちょっとはおもいけどね」

そう言《い》ってハルオは少《すこ》しわらってみせた。

「ミイがわるいんだよ。むねの上《うえ》で丸《まる》くなってたから本当《ほんとう》にくるしかったんだ」

「そうだったのかい。でもね、ハルオ、ミイはね、ハルオのことが本当《ほんとう》にかわいいんだよ。自分《じぶん》の子《こ》どもみたいに思《おも》ってるんだよ。だからハルオの近《ちか》くにいたいのさ。むねの上《うえ》でねむったらハルオがくるしいなんて、そんなことミイは猫《ねこ》だからわかんないよ。今日《きょう》のところはゆるしておやり」

そこまでばあちゃんに言《い》われると、ハルオはしずかにうなずくしかなかった。

それからちょっとしてミホがおきてきて、

「あれ、ハルオ、今日《きょう》はやけに早《はや》いんじゃん。早《はや》おきは三文《さんもん》のとくって言《い》うからね。毎日早《まいにちはや》くおきたほうがいいよ」

と気《き》にさわることを言《い》ったから、直《なお》りかけたハルオのつむじがふたたびまがってしまったのだった。

かあさんからそれとなく話《はなし》を聞《き》いたミホは、

「ハルオ、そんなにミイがいやなら、今夜《こんや》ミイをあたしにかして。何《なに》かかぜ気味《ぎみ》でふとんに入《はい》ってもさむいんだ」

「好《す》きにすれば」

ハルオはふきげんなままだ。

「じゃあ、いいんだね」

ミホがねんをおすと、

「うるせえなあ。好《す》きにしろって言《い》ってるだろ」

ハルオは、話《はなし》なんかしたくないと言《い》わんばかりに、のこったタマゴかけごはんをかきこんで、ごちそうさまも言《い》わずにへやを出《で》た。

「やったね、かあさん。今夜《こんや》はあたたかいよ。ミイのおかげで」

そう言《い》うミホに、かあさんは、

「ミホ、かぜ気味《ぎみ》でさむいなら、あんか用意《ようい》してあげようか」

と聞《き》いてみた。するとうかれ気分《きぶん》のミホは、

「いらない、いらない。ミイがいるから」

と言《い》って、かるくためいきをついたかあさんやばあちゃんには気《き》づかないようだった。

つぎの朝《あさ》、プリプリしながらミホがおきてきた。

「かあさん、聞《き》いてよ。ミイったらひどいのよ。十分《じゅっぷん》くらいはしずかにしてたの。それから足《あし》をばたつかせてあばれたかと思《おも》ったら、あたしの手《て》をふりはらってふとんから出《で》てっちゃったのよ。夕《ゆう》はんの後《あと》、ミイの好《す》きなさきイカをあげたのに」

「ミイはハルオのところがいいんだよ。それからね、猫《ねこ》は自分《じぶん》の思《おも》いどおりにさせてあげなきゃだめなんだよ」

かあさんは言《い》いふくめるようにミホに言《い》った。芯《しん》つみ菜《な》（菜《な》の花《はな》の咲《さ》く前《まえ》の、芽《め》を出《だ》してまもないわかい葉《は》をつんだもの）のおひたしをつくりながら、それを聞《き》いたばあちゃんが、めずらしく言《い》わんこっちゃないよという目線《めせん》をかあさんに送《おく》った。ミホはまだくやしさがおさまらないようで、茶《ちゃ》っ葉《ぱ》を多《おお》めにきゅうすに入《い》れ、いきおいよくお茶《ちゃ》をゆのみ茶《ちゃ》わんにそそいだ。そしてそれをなんどかすすりながら、そのいかりをおしころしているかのようだった。

朝食《ちょうしょく》のじゅんびができたので、かあさんがかいだん下《した》まで行《い》ってハルオをよんだ。

「ハルオー、ごはんだよー。はやくおきなー。ハルオー」

しばらくしてハルオが目《め》をこすりながらかいだんを下《お》りてきた。顔《かお》をあらうのもそこそこに、ちゃぶ台《だい》にむかったハルオは、じいちゃんがひとすくいした納豆《なっとう》のどんぶりに目《め》をやった。

「じいちゃん、それとって」

ハルオはどんぶりを手《て》にすると、少《すこ》し納豆《なっとう》がのこっているどんぶりのなかに自《じ》分《ぶん》のめし茶《ちゃ》わんのごはんをひっくりかえした。見《み》た目《め》にごはんが足《た》りないと思《おも》ったハルオは、

「ごはん、少《すこ》し足《た》して」

とかあさんにどんぶりをさし出《だ》した。かあさんからどんぶりをうけ取《と》ると、それまで納豆《なっとう》を取《と》り分《わ》けていた大《おお》きなスプーンで、ごはんと納豆《なっとう》をぐるぐるかきまぜた。どんぶりのふちには細《こま》かくきざまれた青《あお》のりやねばねばがたくさんついている。それを少《すこ》しのこった納豆《なっとう》とともにごはんの白《しろ》いところがなくなるまでかきまぜると、ハルオはスプーンで納豆《なっとう》ごはんをほおばった。

「ハルオは納豆《なっとう》ごはんが好《す》きだな」

じいちゃんは自分《じぶん》からなっとくするようにハルオに話《はな》しかけた。ハルオは、

「ああ」

とだけ答《こた》えて、くりかえしスプーンを口《くち》に運《はこ》んだ。

こうした納豆《なっとう》の食《た》べ方《かた》は、ハルオにだけゆるされている。それにはわけがある。

毎日夕方《まいにちゆうがた》になると、自転車《じてんしゃ》でとなり町《まち》から納豆売《なっとうう》りのおじさんが来《く》る。その納豆《なっとう》をかいに行《い》くのがハルオのやく目《め》だった。ラッパが鳴《な》り、ナットーエー、ナットーといううねんきの入《はい》った声《こえ》が近《ちか》づいてくると、ハルオはかあさんから小《こ》ぜにをわたされ、納豆売《なっとうう》りのおじさんのところへ走《はし》った。

「納豆《なっとう》ふたつ。のりとからしたっぷり」

「のりとからしたっぷりね。へい、わかったよ」

おじさんは納豆《なっとう》がつつまれているきょうぎ（紙《かみ》のようにうすくけずった木《き》）を開《ひら》くと、そのすみに小《ちい》さなスプーンで数回細《すうかいこま》かくきざんだ青《あお》のりをのせ、へらに持《も》ちかえて青《あお》のりがとばないように、からしをたっぷり、青《あお》のりの上《うえ》からきょうぎにぬった。そしてきょうぎをもとのかたちにもどすと、

「へい、お待《ま》ち」

そう言《い》ってハルオに納豆《なっとう》をわたしてくれた。

ハルオが小《こ》ぜにをわたすと、

「いつもありがとう」

と言《い》って自転車《じてんしゃ》にまたがり、ナットーエー、ナットーと声《こえ》をはりあげながら、いつもの道《みち》を進《すす》んでいった。こうしたハルオのお手《て》つだいで納豆《なっとう》が食《しょく》たくにのる。だからハルオが納豆《なっとう》ごはんをほおばってもだれももんくを言《い》わなかったし、むしろ食《た》べっぷりのよさをよろこんでいたのだ。

納豆《なっとう》ごはんが半分《はんぶん》くらいになったところで、がまんできないようすでミホが話《はな》しかけた。

「ハルオ、きのうミイ、どうした？」

青《あお》のりをくちびるにつけながら、ハルオは答《こた》えた。

「来《き》たよ。でも少《すこ》しして出《で》てったみたい」

「やっぱりハルオのところへ行《い》ったんだよ、かあさん」

ミホはくやしそうにかあさんのふくをかるくひっぱりながら、ハルオに聞《き》こえないように小声《こごえ》で言《い》った。それをかあさんが目《め》でちゅういした。

「ハルオ、ミイは出《で》てっちゃったのかい？」

ばあちゃんがハルオに聞《き》いた。

「ああ、目《め》がさめたらいなかったよ。この時期《じき》はいつものことだよ」

「そうかい。そういえば昨夜《ゆうべ》はトタンやねの上《うえ》をギャーギャー鳴《な》きながら猫《ねこ》が走《はし》り回《まわ》ってたねえ」

「そうなん？　おれぐっすり寝《ね》ちゃったからきのうはわかんなかったな。でもこの時期《じき》になるとよくあるよね」

そう言《い》って、ハルオは納豆《なっとう》ごはんをかきこみつづけた。

「それって、猫《ねこ》の恋《こい》っていうんだよ」

ここぞとばかりにミホが話《はなし》にくわわった。

「猫《ねこ》の恋《こい》ってなに？　ねえちゃん」

ハルオが聞《き》きかえした。

「ハルオはまだわかんなくていいの。ね、かあさん」

ミホはとくいげにかあさんに言《い》った。食《く》い入《い》るようなハルオの目《め》がミホとかあさんにむけられ、ふたりは答《こた》えるのにこまった。それを見《み》ていたとうさんがめずらしく会話《かいわ》に入《はい》ってきて、話《はなし》をかえた。

「ミホ、なかなかむずかしいことを知《し》ってるじゃないか。猫《ねこ》の恋《こい》なんて」

「たまたまだよ、とうさん。このあいだ、国語《こくご》の時間《じかん》に俳句《はいく》のことを習《なら》ったとき、教室《きょうしつ》で話題《わだい》になったんだよ。猫《ねこ》の恋《こい》って、春《はる》の季語《きご》なんだって」

「そうだな。たしかに春《はる》の季語《きご》だ」

とうさんは少《すこ》し自信《じしん》ありげだった。ハルオは話《はなし》に入《はい》っていけず、よけいにむっつりした。

「ハルオ、こんなの聞《き》いたことないか。柿食《かきく》えばかねが鳴《な》るなりほうりゅう寺《じ》。しずかさや岩《いわ》にしみいるせみの声《こえ》。われときてあそべや親《おや》のないすずめ。どうだ、ハルオ」

「うん、柿食《かきく》えばってのは、どこかで聞《き》いたことがある」

「そうか、それだけで十分《じゅうぶん》だ。俳句《はいく》っていうのはね、十七《じゅうしち》の音《おん》でつくられる日《に》本《ほん》の短《みじか》い詩《し》のかたちなんだ。そしてその中《なか》のやくそくごととして、季語《きご》というきせつのことばを入《い》れるのがふつうなんだ。柿《かき》のように。ハルオ、うちの柿《かき》はいつごろおいしくなる」

「秋《あき》の終《お》わりごろかな」

「そうだろ。だから柿《かき》は秋《あき》の季語《きご》になるのさ」

「あっ、そういうことか」

ようやく話《はなし》に入《はい》れたハルオは、むねのつかえがとれたように目玉《めだま》やきにはしをつけた。

それとは反対《はんたい》にミホはおどろきをかくせなかった。

「とうさん、どうしてそんなに俳句《はいく》のこと知《し》ってるの？」

「なに、じょうしきだよ。とうさんだって俳句《はいく》くらいは習《なら》ったさ。それだけだ」

とうさんはそれだけ言《い》って、俳句《はいく》の話《はなし》は終《お》わりにしようとした。

ところがばあちゃんが話《はなし》をむしかえした。

「おじいさん、あれはいつだったかねえ。俳句《はいく》で入選《にゅうせん》したことがあったろ」

ミホのひとみがギラギラしている。

「入選《にゅうせん》って、とうさんが？」

「そうだ。まだ学生《がくせい》で家《いえ》に帰《かえ》ってたときじゃなかったかな。ラジオ番組《ばんぐみ》で句会《くかい》があってな。そこに投稿《とうこう》したんだよ。そしたら入選《にゅうせん》してな。それもたしか三週《さんしゅう》つづけてだったよな、ばあさん」

「えっ。三週《さんしゅう》れんぞくで入選《にゅうせん》、とうさんが?」

ミホはおどろいてばあちゃんにも聞《き》きかえした。

「ああ、そうだよ。みんな近所《きんじょ》の人《ひと》はラジオを聞《き》きながら農作業《のうさぎょう》をしていたから、またむすこさんの名前《なまえ》が読《よ》まれた、先週《せんしゅう》も今週《こんしゅう》もだ、すげえやって言《い》われて、親《おや》としてわるい気《き》はしなかったねえ」

ばあちゃんはうれしそうに少《すこ》しむねをはりながら思《おも》い出話《でばなし》をした。

「かあさん、知《し》ってた?」

ミホはかあさんの耳《みみ》もとでささやいた。かあさんは小《ちい》さく頭《あたま》をよこにふり、じっととうさんの顔《かお》を見《み》た。

「なんだ、とうさん。俳句《はいく》、くわしいんじゃん」

ミホは、はればれとした顔《かお》で話《はな》しかけた。とうさんは、

「まあな」

とだけ言《い》って、てれかくしにかるく頭《あたま》をかいた。そのとき、ハルオがなにかに気《き》づいたかのようにさけんだ。

「猫《ねこ》の恋《こい》って、ミイが赤《あか》ちゃんうむってこと？　かあさん」

「うん、そうなるかもしれないね。もうそんなきせつだし」

そう言《い》うかあさんのことばに、ミホもばあちゃんも、とうさんもじいちゃんも小《ちい》さくうなずいた。

八

ワビスケ（ツバキの一《いっ》しゅ）がさき、ソメイヨシノがさき、それらがちりはじめるころ、ハルオは三年生《さんねんせい》になった。そしてフジの花《はな》ぶさが、うすむらさきの花々《はなばな》をちりばめてのびはじめた五月《ごがつ》のれん休《きゅう》、ハルオはミイとえんがわでひなたぼっこをしていた。ハルオがミイのはなすじをなでると、ミイはよろこんで目《め》を細《ほそ》めた。それをミホとかあさんがほほえましそうにながめていた。

しばらくして、ミイがハルオからはなれてえんがわを歩《ある》きかけたときだった。

「かあさん、ミイのおなか大《おお》きくない？」

ミホが小声《こごえ》でかあさんに言《い》うと、

「そういえば少《すこ》しふくらんでるような気《き》がするね」

とミホに答《こた》えた。それからかあさんは、

「ハルオ、ミイ、赤《あか》ちゃんができたようだよ」

とハルオに言《い》った。

「ほら、ミイの後《うし》ろすがたをよく見《み》てごらん。おなかのあたりが少《すこ》しふくらんでないかい？」

「そうかな。そう言《い》われればそんな気《き》もするけど、ミイはここ二《に》、三年《さんねん》で太《ふと》ったようだし」

ハルオはなんともはぎれのわるい答《こた》えをした。

ハルオがミイのおなかが大《おお》きくなったのをかんじたのは、ミイがハルオのむねの上《うえ》で丸《まる》くなって、いままで以上《いじょう》にいきぐるしかったときだった。それが二度《にど》、三度《さんど》とかさなると、ミイのにんしんはハルオにもうたがいようがなくなった。ハルオはそのとき決《き》めた。ミイはもうとしだから、今度《こんど》こそ一番気《いちばんき》に入《い》った子猫《こねこ》をかならずのこそうと。

ミイは見《み》た目《め》におなかが大《おお》きくなっても、夜《よる》になるとハルオのふとんにもぐってきた。もういつもなら、うし小屋《ごや》のとなりのえさおき場《ば》の中二《ちゅうに》かいでミイは休《やす》んでいるはずだった。中二《ちゅうに》かいには、うしのえさにするいなわらがつまれてあった。ミイはきまってそこで出産《しゅっさん》し、子猫《こねこ》の目《め》が明《あ》くころに、一《いっ》ぴきずつ子《こ》猫《ねこ》をくわえて母屋《おもや》へやってきて、みんなに子猫《こねこ》をひろうした。そしてかあさんが用意《ようい》してくれる、ボロぬのがたくさん入《はい》ったダンボールばこにすみかをうつして子育《こそだ》てにはげんでいた。

それが今回《こんかい》はちがうことに、ハルオはちょっととまどいながらも、ミイがしたがっているままに、自分《じぶん》のふとんに入《い》れてあげていた。

その夜《よる》、ハルオはつかれていつになく早《はや》くねた。ぐっすりねむっているところをミイになんども耳《みみ》たぶをなめられ、もうろうとする意《い》しきの中《なか》でミイをふとんに入《い》れた。その後《あと》の記《き》おくはなにもなかった。

ハルオはゆめの中《なか》で魚《さかな》とりに夢中《むちゅう》だった。雪《ゆき》どけ水《みず》のせいか、足《あし》もとの石《いし》のいくつかがゴーッ、ゴーッというにぶい音《おと》をひびかせながら、ゆっくりと川下《かわしも》へ流《なが》れていった。本流《ほんりゅう》がわの左足《ひだりあし》が、少《すこ》しずつ水《みず》かさがましていくのをかんじていた。半《はん》ズボンのすそが少《すこ》しぬれたかと思《おも》ったのもつかの間《ま》、みるみるうちにしりの左《ひだり》がわぜんぶがぬれてしまった。かろうじて、あさせがわにふんばっていた半《はん》ズボンの右《みぎ》がわは、すそがぬれるだけですんでいた。このままではきけんだとかんじたハルオは、つかんでいたウグイをあきらめて、急《いそ》いできしに上《あ》がった。

あたりはもう明《あ》けはじめていた。目《め》をつぶっていてもなんとなくそれがわかる。そして目《め》がさめそうになって、ねがえりをうったハルオはハッとした。ねがえりをうったときに、左手《ひだりて》がふれたシーツがぬれているようだった。ハルオはいっしゅんやばいと思《おも》った。小学生《しょうがくせい》になってからはおねしょなどしたことがなかったのに、しくじってしまったとかんじた。ハルオの頭《あたま》の中《なか》はもうまっ白《しろ》だ。それでも気《き》をとり直《なお》して、おそるおそるパジャマの左《ひだり》がわを手《て》でさわってみた。

ぜつぼうてきだった。パジャマはおろかパンツまでぐっしょりぬれている。パジャマはしりからひざのうらがわまでびしょびしょだ。もうたがいようがないと思《おも》ったつぎのしゅんかん、パジャマの右《みぎ》がわがぬれていないのに気《き》づいて頭《あたま》の中《なか》がこんらんしてしまった。

いったいどうしたというんだ。おねしょはしてしまったけど、ぬれるのは左《ひだり》がわだけですんだというのか？　いや、それはおかしい。よくわからないまま、ハルオはふとんからはねおき、たたみの上《うえ》に立《た》って、もう一度《いちど》パジャマやパンツのようすをたしかめてみた。するとどうもおねしょではないらしい。

パジャマやパンツの前《まえ》がわがまったくぬれていない。それに朝《あさ》のつめたい空気《くうき》にふれて、おしっこがしたくなってきた。いったいどういうことかと、かけぶとんと毛布《もうふ》をいきおいよくはねあげてみた。ミャーン。ひと鳴《な》きしたミイの乳首《ちくび》に、もぞもぞと三《さん》びきの子猫《こねこ》がとりついているではないか。やっとじょうきょうがのみこめて安心《あんしん》したハルオは、急《きゅう》にはらが立《た》って、

「ミイ」

とどなるように大声《おおごえ》を出《だ》した。それでもミイは、ただハルオの方《ほう》を見《み》て、ふたたびミャーンとひと鳴《な》きしただけだった。

「お前《まえ》、こんなとこでうんだのか、まったく。おれは、おおはじかいてしまったとかんちがいしたじゃないか」

ミャーン。ミイは三度《みたび》ひと鳴《な》きして、安心《あんしん》しきったように、しきぶとんに頭《あたま》をつけて丸《まる》くなった。そのひょうしに子猫《こねこ》たちは乳首《ちくび》からはなれそうになった。それでもしっかりとしがみつき、小《ちい》さな前足《まえあし》をにょきにょきさせながら、乳《ちち》をすっていた。そのあいくるしさを見《み》るにつけ、ハルオはしょうがないなとあきらめた。

そしてパンツや半《はん》ズボンなどをかかえて、ふろ場《ば》にむかった。とちゅう、しめったパジャマがもものうらについたりはなれたりして気持《きも》ちわるかった。

ハルオがぬれタオルでよごれたと思《おも》われる部分《ぶぶん》をふき、半《はん》ズボンをはいてふろ場《ば》から出《で》ると、かあさんがほうちょうをうごかす手《て》を止《と》めてハルオをからかった。

「へえー、ハルオもミホみたいに朝《あさ》からシャワーかい」

「そんなんじゃないやい」

ハルオは少《すこ》しふくれて口《くち》をとがらせた。それでもすぐに気《き》をとり直《なお》して、

「かあさん、たいへんだ。ミイがおれのふとんの中《なか》で赤《あか》ちゃんうんだ」

「えっ、そりゃほんとかい？　どこどこ？」

かあさんはほうちょうをまないたにねかせ、ハルオにあんないさせるかのようにかいだんを上《あ》がった。そしてハルオのしきぶとんを見《み》るなり、

「こりゃおどろいたねえ。ほんとだ。シーツがびしょびしょだよ。ミイ、ミイはここがよかったんだね」

そう言《い》ってかあさんはミイの頭《あたま》をかるくなでた。ミイは目《め》を細《ほそ》めて安心《あんしん》したようだった。

「ハルオ、ミイはね、もうとしだし、これが最後《さいご》のお産《さん》になるかもしれないから心配《しんぱい》だったんだよ。だからミイはハルオにそばにいてもらいたかったんだよ。ハルオ、お前《まえ》はすごいね。ミイに心《こころ》のそこからしんじてもらえたんだから」

「ふーん。でもたいへんだったんだから。おねしょしたんじゃないかってどぎまぎしたよ」

「羊水《ようすい》をおしっことまちがえたんじゃあたいへんだ」

「羊水《ようすい》ってなに？」

「そうねえ、子猫《こねこ》がミイのおなかの中《なか》にいるときのねどこみたいなもんさ」

「へえー」

ハルオが気《き》のない返事《へんじ》をすると、シーツをかたづけはじめたかあさんがいきなりわらいはじめた。

「何《なに》がおかしいのさ」

「ごめんよ、ごめん。でもさ、ハルオがおおあわてするようすが手《て》にとるように見《み》えてきて」

「ひどいよ、子《こ》どものふこうをわらうなんて」

ハルオはシーツをかかえてかいだんを下《お》りていくかあさんに、少《すこ》しいかりをぶつけた。

一《いっ》かいでねえちゃんのおどろく声《こえ》が聞《き》こえた。どうせかあさんがこの話《はなし》をみんなにしているんだろうとハルオは思《おも》った。でもミイの乳《ちち》をくわえたまま、しずかなねむりについた三《さん》びきの子猫《こねこ》を見《み》ていると、ハルオはいままであたふたしていたことがもうどうでもよくなった。

しばらくしてボロぬのの入《はい》ったダンボールばこをかかえてかいだんを上《あ》がってきたかあさんは、

「ミイ、ごめんね」

と言《い》いながら、ミイから一《いっ》ぴきずつ子猫《こねこ》をひきはなし、しずかにボロぬのの上《うえ》においた。子猫《こねこ》たちはねぼけまなこのままその上《うえ》でもがいた。それを見《み》たミイは、ダンボールばこをまたいで、ボロぬのの上《うえ》にねそべり、子猫《こねこ》たちに乳《ちち》をすわせた。

ハルオはそのようすをしばらくながめていたかった。

「ハルオ、ちょっとどいとくれ」

かあさんはぬれたふとんを引《ひ》きよせて、南《みなみ》がわのまどわくにほそうとした。

「なにすんだよ」

ハルオはふとんのぬれていない部分《ぶぶん》にしがみついて、かあさんがふとんをほせないようにじゃまをした。

「なにするんだい、ハルオ。ふとんがほせないじゃないか」

「ふとんをほしたら、おれがおねしょしたとみんなに思《おも》われるじゃないか。少《すこ》しはおれのこと、考《かんが》えてくれよ」

「そんなことありゃしないよ。もしそう言《い》われたら、ちゃんとわけをはなしてあげるよ。手《て》をはなしな、ハルオ」

そう言《い》ってかあさんがふとんを大《おお》きくふりまわしたおかげで、ふとんからハルオの手《て》がはなれ、いきおいあまってハルオはたたみの上《うえ》になげ出《だ》されてしまった。

こうして大《おお》きなしみがうかんだハルオのふとんがみんなの前《まえ》にさらされてしまった。


朝食《ちょうしょく》をとってかいだんを上《あ》がってきたハルオの目《め》に、にわ先《さき》でとなりのおばさんとかあさんがおしゃべりをしているようすがうつった。ハルオはなんともやりきれない顔《かお》のままランドセルをかたにかけ、くつをひっかけて足早《あしばや》に二人《ふたり》の近《ちか》くをとおりすぎようとした。するととなりのおばさんがすかさず、

「ハルちゃん、おはよう」

と声《こえ》をかけてきた。ハルオはかるく頭《あたま》を下《さ》げてその場《ば》を通《とお》りすぎた。そのあとなりのおばさんがかあさんに聞《き》いた。

「ハルちゃん、しくじっちゃったんかい?」

そのことばをせなかで聞《き》いて、ハルオは顔《かお》から火《ひ》が出《で》たかのようにまっ赤《か》になってさらに足《あし》をはやめた。

「そうじゃないんだよ。ミイが……」

そこのところまでで、二人《ふたり》の会話《かいわ》はもうハルオの耳《みみ》にはとどかなかった。でもハルオはまだ歩《あゆ》みをゆるめなかった。

その日《ひ》ハルオは学校《がっこう》でずっとボーッとしていた。先生《せんせい》や友《とも》だちから、いつもとちがうと言《い》われても、うまくごまかしてその場《ば》をやりすごした。そして終了《しゅうりょう》のチャイムが鳴《な》ると、ハルオはだれよりも早《はや》く教室《きょうしつ》を後《あと》にして家《いえ》まで走《はし》って帰《かえ》った。

そのままかいだんをかけ上《あ》がると、すでにふとんはしまわれていた。ランドセルをせおったままダンボールばこの中《なか》をのぞくと、ミイがうす目《め》をあけて、ミャーンと小《ちい》さくひと鳴《な》きした。

「安心《あんしん》しろ、もうおこってないよ。おれのこと、しんじてくれてありがと。今度《こんど》はかならず一《いっ》ぴきはのこそうな」

そこまでミイに話《はな》しかけると、ミイがまたミャーンとひと鳴《な》きした。その鳴《な》き声《ごえ》はいつもとちがいやさしくて、ハルオにはミイが、

(ありがとう)

と言《い》っているように思《おも》えてならなかった。

著者プロフィール

渡辺 貢（わたなべ みつぐ）

1958年生まれ。群馬県出身・在住。
法政大学卒業後、県内で教職に就く。
既刊著書：『七色紙ふうせん』（文芸社／2005年）
『食べることが生きること 飽《あ》くなき菜穂《なお》の食めぐり』
（文芸社／2012年）

挿絵 高岡洋介

ミイ

2012年6月15日 初版第1刷発行

著 者 渡辺 貢
発行者 瓜谷 綱延
発行所 株式会社文芸社
〒160-0022 東京都新宿区新宿1－10－1
電話 03-5369-3060（編集）
03-5369-2299（販売）

印刷所 広研印刷株式会社

ISBN978-4-286-12079-9